CONTOS DA MINHA RUA

Este livro pertence a:

_____

_____

Pierre Gripari

O VENDEDOR DE PALMADAS E OUTROS CONTOS

Ilustrações de Cláudia Scatamacchia

Tradução de Monica Stahel

Martins Fontes
São Paulo 2000

Esta obra foi publicada originalmente em francês com o título
CONTES DE LA FOLIE MÉRICOURT – LE MARCHAND DE FESSÉES
ET AUTRES CONTES por Éditions Bernard Grasset, Paris.
Copyright © 1997 Éditions Grasset et Fasquelle através de acordo
com AMS Agenciamento Artístico, Cultural e Literário Ltda.
Copyright © Livraria Martins Fontes Editora Ltda.,
São Paulo, 2000, para a presente edição.

1ª edição
junho de 2000

Tradução
MONICA STAHEL

Revisão gráfica
Izabel Cristina de Melo Rodrigues
Márcia da Cruz Nóboa Leme
Produção gráfica
Geraldo Alves
Paginação
Moacir Katsumi Matsusaki
Fotolitos
Studio 3 Desenvolvimento Editorial (6957-7653)

Dados Internacionais de Catalogação na Publicação (CIP)
(Câmara Brasileira do Livro, SP, Brasil)

Gripari, Pierre, 1925-
 O vendedor de palmadas e outros contos / Pierre Gripari ; ilustrações de Cláudia Scatamacchia ; tradução de Monica Stahel. – São Paulo : Martins Fontes, 2000. – (Contos da minha rua)

 Título original: Contes de la Folie Méricourt : le marchand de fessées et autres contes.
 ISBN 85-336-1271-0

 1. Literatura infanto-juvenil I. Scatamacchia, Cláudia. II. Título. III. Série.

00-2311 CDD-028.5

Índices para catálogo sistemático:
1. Literatura infanto-juvenil   028.5
2. Literatura juvenil   028.5

Todos os direitos para o Brasil reservados à
Livraria Martins Fontes Editora Ltda.
Rua Conselheiro Ramalho, 330/340
01325-000 São Paulo SP Brasil
Tel. (11) 239-3677 Fax (11) 3105-6867
e-mail: info@martinsfontes.com
http://www.martinsfontes.com

Contos da Minha Rua

Pierre Gripari nasceu na França, em Paris, no ano de 1925. É filho de mãe francesa e pai grego. Estudou letras e esteve no exército durante três anos. Em 1963 publicou seu primeiro livro, *Pierrot la lune*, que é uma história baseada em sua própria vida. Depois disso, escreveu peças de teatro, contos fantásticos, romances e histórias para crianças. Por volta de 1965 começou uma grande amizade entre o senhor Pierre e as crianças do seu bairro. Dessa amizade nasceram alguns livros que fazem parte desta coleção.

Cláudia Scatamacchia é de São Paulo. Seus dois avós eram artesãos. Cláudia já nasceu pintando e desenhando, em 1946. Quando criança, desenhava ao lado do pai, ouvindo Paganini. Lembra com saudade as três tias de cabelo vermelho que cantavam ópera. Lembra com respeito a influência do pintor Takaoka sobre sua formação. Cláudia recebeu vários prêmios como artista gráfica, pintora e ilustradora. São dela o projeto gráfico e as ilustrações deste livro.

Monica Stahel nasceu em São Paulo, em 1945. Formou-se em Ciências Sociais, pela USP, em 1968. Na década de 70 ingressou na área editorial, exercendo várias funções ligadas à edição e produção de livros. Durante os doze anos em que teve nesta editora, como tarefa principal, a avaliação de traduções e edição de textos, desenvolveu paralelamente seu trabalho de tradutora, ao qual hoje se dedica integralmente.

ÍNDICE

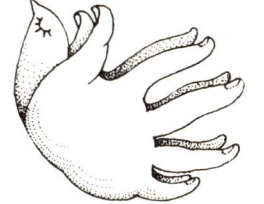

O vendedor de palmadas   9

Sadko   31

A viagem de São Deodato   61

Senhora O-chão-é-muito-baixo   83

O vendedor de palmadas

Vocês já viram uma palmada? Quer dizer, já viram de verdade? Raramente, tenho certeza. Quando alguém leva uma palmada, geralmente está de costas para ela. E, como ninguém tem olhos atrás da cabeça, dá para sentir, isso sim, mas não dá para ver a palmada. E é uma pena!

É pena mesmo, pois não há nada mais encantador, mais gracioso, mais lindo do que uma palmada no bumbum. Imagine uma espécie de pássaro, melhor ainda, uma espécie de borboleta grande, que em vez de asas tem duas mãos, duas mãos carnudas, sempre em movimento, vibrantes e sempre batendo. Graças a essas duas mãos, a palmada voa de um lado para o outro, com um vôo incerto, hesitante, sempre à procura de um bumbum onde possa pousar.

Há palmadas de todos os tamanhos e de todos os tipos. Há palmadas afetuosas, amigas, delicadas, que passam como uma carícia, como um sopro, que fazem rir. Algumas são breves, raivosas, enfurecidas. Outras, ao contrário, são muito pesadas, solenes, cerimoniosas e lentas. Também há palmadas más, ardidas, agressivas, cruéis, brincalhonas, zombeteiras, enfáticas, declamatórias, perversas, complicadas, cansadas, moles, sonolentas, distraídas, aplicadas, meticulosas, pomposas, marciais, fantasistas, engraçadas, inventivas, originais, gementes, lamentosas, suspirantes, hipócritas, balbuciantes, inseguras, sentenciosas, incoerentes… enfim, de todos os tipos.

De onde vêm as palmadas?

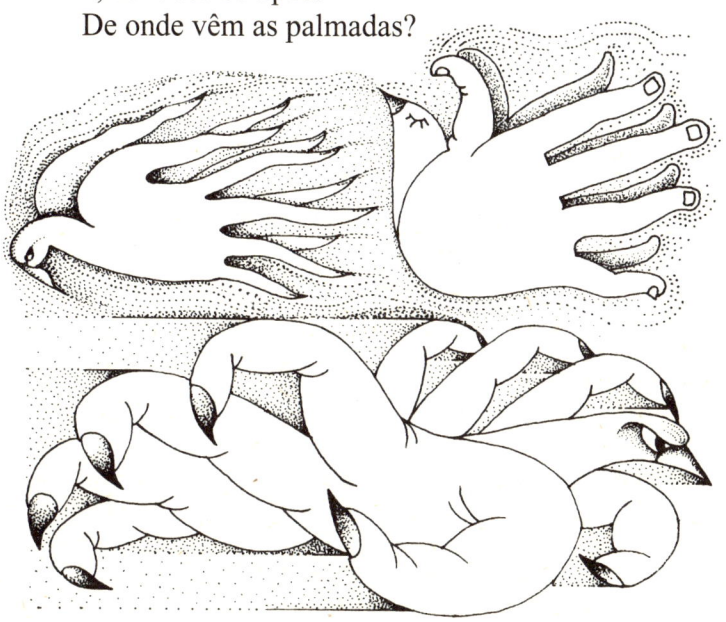

Ah, essa é uma pergunta difícil de responder. Os cientistas discordam a esse respeito. Uns dizem que as primeiras palmadas conhecidas na História viviam em estado natural no delta do rio Nilo*, e que elas foram domesticadas pelos egípcios e utilizadas por eles na educação de suas crianças.

Outros dizem que a palmada começou na Suméria*, na embocadura dos rios Tigre e Eufrates, ou ainda às margens do rio Indo*. Outros ainda afirmam que a palmada é de origem extraterrestre e que os primeiros espécimes foram trazidos, em discos voadores, por homenzinhos verdes provenientes de Marte ou de Vênus.

Diz-se também que uma raça de palmadas, ligeiramente diferente da nossa mas fácil de reconhecer, ainda vive em estado selvagem, na Floresta Amazônica, não muito longe do território dos índios Tutupanpans. Muitos exploradores foram até a região com esperança de encontrar uma palmada viva... Nenhum deles voltou. Só uns dez foram encontrados, em plena floresta virgem, mortos, caídos de boca para baixo, com a calça abaixada até o joelho e o bumbum todo vermelho... Mas as palmadas selvagens tinham desaparecido.

Quanto à palmada doméstica, que é a palmada comum que conhecemos, ela é criada em fazendas especializadas, com utilização de métodos científicos. Primeiro chocam-se os ovos e criam-se os filhotes.

---

* Para os nomes marcados com asterisco, você encontrará uma explicação no "Glossário", no final do livro.

Quando eles crescem e se tornam capazes de voar com as próprias mãos e também de estalar alegremente nas bundinhas, são enviados de caminhão para as lojas, onde as palmadas são vendidas para os pais de vocês.

Havia um vendedor de palmadas que morava numa cidadezinha. Ele tinha uma loja muito, muito grande, cheia de gaiolas imensas, e nessas gaiolas viviam as palmadas, separadas por espécies. Acho que havia de todas as raças, desde a palmadinha para fazer rir até a palmada grande, reservada às grandes travessuras. Até havia, numa gaiola separada, um exemplar muito raro da Palmada Enorme, com luvas de pregos, a mais temida de todas.

Todas as manhãs o vendedor acordava cedo, se aprontava, tomava café, depois ia de gaiola em gaiola para trocar a água das palmadas (as palmadas são muito limpas e exigem água muito clara). Em seguida lhes dava grãos, espigas de alpiste, e amarrava nas grades da gaiola um pequeno osso de siba, para elas afiarem o bico. Enquanto isso, ele falava com as palmadas, agradava-as, acariciava sua cabeça com a ponta do dedo, através das grades, dizendo palavras ternas:

— Então, meus amores, como passaram a noite? Dormiram bem? Ah, claro, devem estar com fome e, principalmente, devem estar com vontade de um bumbum! Paciência, tenham paciência! Vou arranjar um! Prometo que antes do fim da semana cada uma de vocês terá onde cantar!

Ele dizia isso para acalmá-las, mas na verdade os negócios iam mal. Naquele lugar meio estranho, as crianças quase nunca faziam travessuras e os pais não tinham nenhuma vontade de castigá-las. De modo que as palmadas ficavam na loja, entediadas, sem ter o que fazer, pálidas, magras, melancólicas.

— O que vou fazer? — o homem pensava. — É uma calamidade! Essas crianças sempre bem comportadas e esses pais sempre satisfeitos! Se continuar assim, minhas pobres palmadas vão acabar morrendo e eu estarei arruinado!

Finalmente, depois de muito refletir, ele teve uma idéia. Começou a sair toda quarta-feira, e também

aos sábados e domingos. Às quartas-feiras, as crianças na França não têm aula. Quer dizer que ele saía sempre que as crianças não estavam na escola. Quando via algum menino ou menina em companhia dos pais, apenas sorria de longe e não falava nada. Mas, quando encontrava crianças passeando ou brincando sozinhas ou em grupo, ele parava, puxava conversa, oferecia-lhes balas, fazia graça para elas rirem e começava a falar palavrão, aqueles palavrões que vocês conhecem, como cobras... lagartos... tal e coisa... pois é... palavrão, ora! Aquelas palavras horríveis que eu não tenho coragem de repetir aqui, por nada no mundo.

As crianças, que nunca tinham ouvido nada daquilo, se divertiam muito com aquele vocabulário desconhecido, decoravam as palavras e saíam repetindo... Era o que o vendedor queria!

Ele pensava:

— Agora elas vão voltar para casa e repetir tudo isso na frente dos pais. Os pais, furiosos, vão querer comprar um monte de palmadas para castigar os filhos, e eu vou ficar rico!

Era muita esperteza, e o plano poderia ter dado certo em outro lugar. Mas, naquela cidade, que era mesmo diferente, não deu certo. É claro que as crianças voltaram para casa; é claro que repetiram todos os palavrões que o vendedor tinha ensinado, cobras e tal... lagartos e coisa... pois é, tal e coisa... enfim, todas as palavras que eu não quero repetir! Mas os

pais, em vez de se zangarem, ficaram admirados e perguntaram:

— Quem foi que lhes ensinou essas palavras novas?

— Foi o vendedor de palmadas — responderam as crianças, que não eram mentirosas.

— Puxa, que idéia! — disseram os pais. — Enfim, já que vocês se divertem...

E as crianças continuaram falando assim, pelo menos enquanto durou a diversão. Depois foram se cansando e logo aquilo perdeu toda a graça. Pois cobras e lagartos, pois é, coisa e tal... em suma, os palavrões, afinal de contas, são palavras como as outras, conjuntos de sons articulados, de vogais, de consoantes, de sílabas, que têm o sentido que a gente quer que tenham.

O golpe sujo do vendedor de palmadas fracassou, e, nas gaiolas da loja dele, as palmadinhas continuavam definhando.

Depois de dizer alguns palavrões para se aliviar, o homem voltou a sair para falar com as crianças, mas dessa vez para tentá-las de um outro jeito.

— Quando têm vontade de alguma coisa, o que é que vocês fazem? — ele perguntou.

— Pedimos aos nossos pais — responderam as crianças.

— E por que pedir aos pais?

— Para eles nos darem permissão, ora!

— Que bobagem! — disse o vendedor de palmadas. — Vocês sabem muito bem que, pelo menos na metade das vezes, os pais dizem que não, que vocês são muito novos, que não é coisa de criança... Se eu fosse vocês, nunca pediria nada e faria tudo o que me desse vontade!

Dizendo isso, ele virou as costas e foi embora.

— Isso é verdade — disse João Francisco. — Outro dia, quando eu quis brincar com água, meus pais não deixaram.

— Aconteceu a mesma coisa comigo — disse Cláudio Pedro —, quando eu quis brincar com fogo...

— E comigo — disse Francisco Cláudio —, quando eu quis brincar com a tomada elétrica...

— Já que é assim — disseram os três —, a partir de hoje vamos fazer o que der vontade, sem pedir permissão!

Foi isso que eles fizeram. Com certeza vocês já adivinharam qual foi o resultado: no dia seguinte a casa de João Francisco inundou e a de Cláudio Pedro pegou fogo. Francisco Cláudio enfiou os dois dedos na tomada elétrica e sentiu umas coisas muito, muito desagradáveis.

Mesmo assim, os pais não se zangaram. Em vez de cada um correr à loja do homem, conforme ele esperava, para comprar meia dúzia de palmadas bem duras e estaladas, eles cuidaram dos filhos, consertaram os estragos da melhor maneira possível e simplesmente perguntaram:

— O que foi que deu em vocês?

— Nós quisemos brincar — disseram os meninos, meio envergonhados.

— Da próxima vez, peçam permissão — disseram os pais, calmamente. — Nós vamos explicar que é perigoso...

Assim, mais uma vez não houve castigos, e as pobres palmadas continuaram tristes em suas gaiolas, bicando seus ossos de siba.

— Três vezes cobras e lagartos, duas vezes pois é, cinco milhões de tal e coisa! — xingou o vendedor de palmadas, recorrendo às palavras mais ásperas de seu repertório. — Mais uma vez meu golpe não deu certo! O que é que eu faço, lagartos, pois é, cobras, tal e coisa?

Enfim ele teve a idéia, dessa vez uma Grande Idéia, uma Idéia Genial.

Mandou imprimir um monte de cartazes, pegou um pote de cola com um pincel enorme e passou a noite toda colando, colando...

No dia seguinte lia-se em todos os muros e paredes:

Próximo domingo à tarde no jardim do Vendedor de palmadas

GRANDE FESTA INFANTIL

com bufê gratuito, bebidas, jogos diversos
e

UM GRANDE ESPETÁCULO DE CIRCO!

Grande exibição de palmadas amestradas,
Palmadas dançantes, cantantes e instrumentistas,
Palmadas humoristas, calculadoras, videntes,
Palmadas malabaristas, equilibristas, trapezistas,
Palmadas escudeiras, amazonas, adestradoras,
Desfile de palmadas, pirâmide de palmadas,
Esquadrilha de palmadas voadoras,
E, para terminar,

A GRANDE FIGURAÇÃO FINAL!

Entrada gratuita para os filhos,
Entrada proibida para os pais!

Não é preciso dizer que, no domingo seguinte, todas as crianças do lugar foram passar a tarde na casa do vendedor de palmadas. Para ser justo, devo admitir que elas não se decepcionaram: havia limonada, laranjada, suco de uva e de groselha, havia doces duros e moles, balas de todos os sabores, gomas de mascar de todas as cores. Havia algodão-doce, panquecas, nugá, churros, batata frita, castanhas assadas, queijo branco, azeitonas pretas, rabanetes vermelhos, queijo curado, balões, bilhar eletrônico, jogos de bola, boliche, triciclos, bicicletas, patins e até já esqueci...

Depois que as crianças comeram bastante, beberam bastante, brincaram bastante, o vendedor de palmadas chamou-as para entrar numa tenda enorme e lhes mostrou as palmadas amestradas. Estavam fechadas numa jaula imensa, e cada uma sabia fazer uma coisa. Umas cantavam, outras dançavam, outras ainda tocavam acordeão, violino, clarineta. Havia umas que contavam piadas, outras que faziam cálculo mental ou que previam o futuro. Havia palmadas que montavam a cavalo, que levantavam peso, que davam saltos mortais e muitas outras coisas.

Por volta das seis e meia, finalmente, o vendedor anunciou a Grande Figuração final.

— O que é a Grande Figuração final? — perguntaram as crianças em coro.

— Vocês vão ver — disse ele —, é surpresa. Depois que eu sair, contem até dez e abram todas as portas da jaula ao mesmo tempo. Então vai acontecer a Grande Figuração final!

Dizendo isso, ele saiu correndo.

Assim que o homem desapareceu, as crianças, sem ter tempo nem de contar até três, avançaram para cima da jaula e a escancararam.

Então, então, então...

Então, meus amigos, de todos os portões abertos saiu uma nuvem, um tufão, um tornado de palmadas ruidosas e crepitantes que se levantaram, se concentraram, cresceram como uma tempestade, depois caíram em torrente em cima das bundinhas que estavam diante delas. E plif! E plaf! E clic! E clac! Como es-

tavam felizes as palmadas! A maioria delas esperava há anos por essa oportunidade!

O vendedor, refugiado num canto do jardim, aguçou os ouvidos. Ouvia muito bem as palmadas estalando, as meninas chorando, os meninos gritando... Era tudo tão bom, tão divertido, tão engraçado, que ele não agüentou e rolou pelo chão, às gargalhadas.

Então, então, então...

Então, de repente, fez-se um enorme silêncio.

Com as gargalhadas do vendedor, as palmadas pararam de bater. Algumas, mais curiosas, passaram a cabeça pela entrada da tenda para ver. E o que foi que elas viram? Viram um homem gordão, com uma bunda gordona, deitado de barriga para baixo, rindo de perder o fôlego e dando socos na grama.

Então, então, então...

Então todas as palmadas saíram voando da tenda, fazendo um barulho de trovão. E todas avançaram sobre o vendedor, o imobilizaram, baixaram sua calça e chlic! E chlac! E splich! E splach! Começaram a dançar em cima dele do jeito certo!

Ele gritava:

— O que foi? Não estão me reconhecendo? Sou o vendedor de palmadas, amigo e pai de vocês! Pelo menos reconheçam a mão que lhes deu alimento!

Em vez de mão, as palmadas só viam uma coisa: um enorme bumbum humano, bem rechonchudo e gordo, no qual cabiam dez ou quinze delas de uma vez, ficando todas muito à vontade!

E todas tiveram sua vez, desde as palmadinhas risonhas até as palmadonas trágicas, passando pelas palmadas travessas, ávidas, cuidadosas, ocupadas, resmungonas, rancorosas, apressadas, precipitadas, funcionais, barrocas, rococó, flamejantes, rugosas, borrachentas, esfolantes, arranhantes, não sei mais o quê.

Enfim apareceu a última, majestosa, em meio a um grande silêncio. Era a mais velha, a maior, a mais forte. Vocês já devem ter adivinhado que era a Enorme Palmada, com luvas de prego, aquela que doía muito, muito... Todas as outras, ao vê-la, se afastaram respeitosas... Ela se levantou lentamente, à luz vermelha do entardecer, ficou como que suspensa, durante alguns segundos, acima de sua presa, depois se deixou cair como uma pedra...

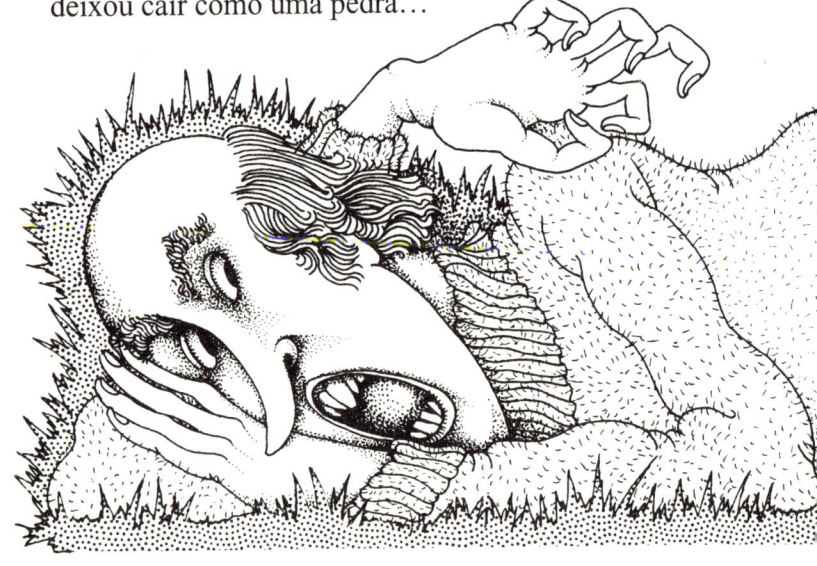

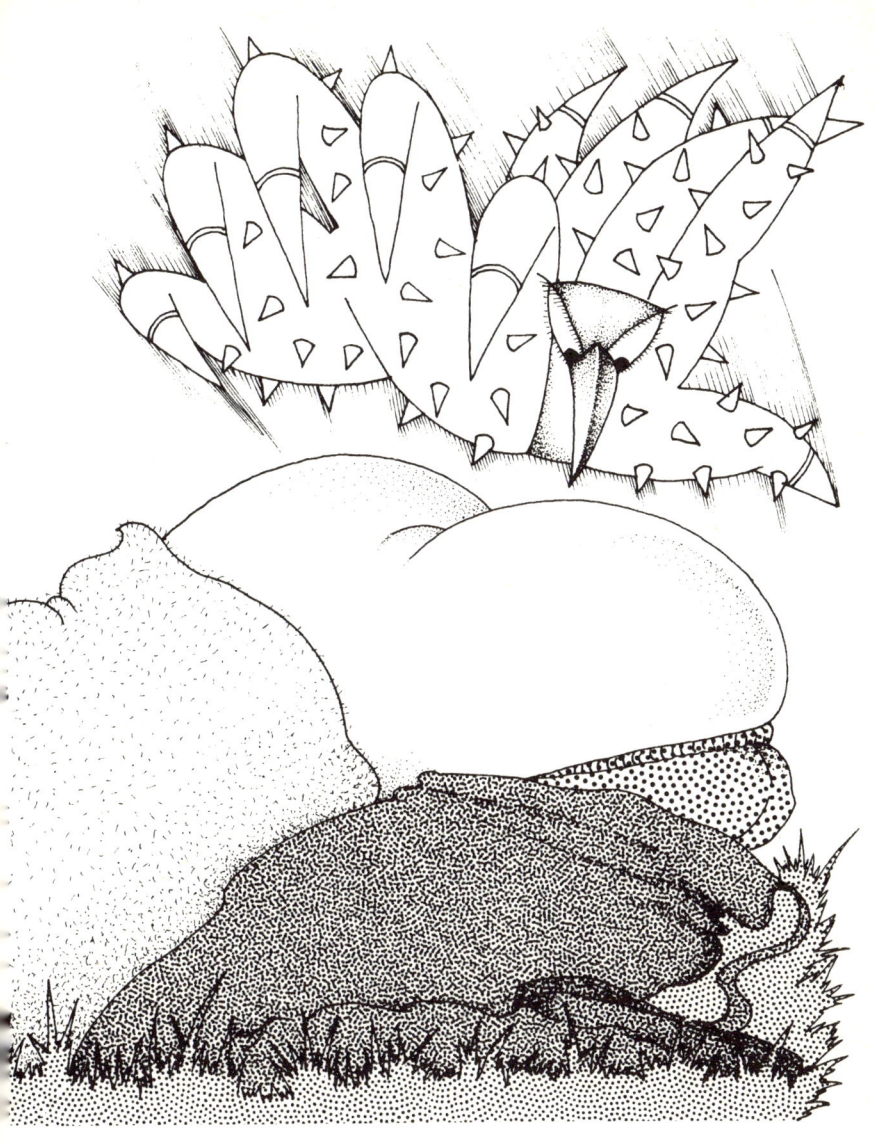

Não vou dizer mais nada, pois esta história já está ficando muito longa e muito triste. Saibam apenas que o vendedor de palmadas ficou muitas semanas no hospital; que só depois de seis meses ele pôde voltar a dormir de barriga para cima; que só depois de um ano ele pôde se sentar; e que só depois de dois anos ele voltou a andar, assim mesmo de bengala.

Hoje ele está totalmente curado, mas não quer saber de palmadas pelo resto da vida: não quer vendê-las, não quer vê-las, não quer nem ouvir falar nelas. Ele reformou completamente sua loja, as prateleiras, a pintura, e agora vende figo seco, ameixa, uva-passa, damasco, avelã e amendoim. Às vezes (mas é muito raro) alguma mãe furiosa ou algum pai indignado ainda entra em sua loja dizendo:

— Quero uma palmada, depressa! É para meu filho Emílio (ou para minha filha Ernestina)!

Mas então o vendedor responde:

— Está errada, minha senhora, está errado, cavalheiro! Se seu filho ou sua filha fez alguma travessura, dê-lhe uvas-passas! Não há nada melhor para corrigir as crianças!

E o melhor é que ele tem razão! Naquele lugar, quando alguma criança faz uma travessura, os pais lhe dão uvas-passas. Imediatamente ela se torna bem comportada, estudiosa, obediente e delicada.

Mas, como eu já disse, é um lugar diferente!

No norte da Rússia havia, e ainda há, um lago, um lago muito bonito, chamado lago Ilmen.

Na margem desse lago havia, e ainda há, uma cidade, uma cidade muito bonita, chamada Novgorod.

Na cidade de Novgorod havia, mas já não há, o que é uma pena, um homem chamado Sadko.

Sadko era citarista de profissão, isto é, ele tocava cítara. Se vocês tiverem a sorte de este livro ser ilustrado, olhem as figuras, pois tenho quase certeza de que o ilustrador teve a boa idéia de desenhar uma cítara. É um pedaço de madeira em forma de trapézio, no qual são esticadas várias cordas, que podem ser beliscadas com o dedo ou vibradas com pequenos martelos.

Sadko, portanto, era instrumentista, e também cantor e contador. Quando os ricos comerciantes de Novgorod celebravam um casamento, um batizado, ou quando festejavam a chegada de algum navio cheio de belas mercadorias estrangeiras, eles convidavam Sadko, que cantava canções, declamava poemas, contava histórias ou tocava seu instrumento para as pessoas dançarem.

Ora, um belo dia um comerciante importante casou sua filha, e Sadko não foi convidado. No dia seguinte, outro comerciante batizou o neto, e Sadko também não foi convidado. No terceiro dia, foi um outro que viu chegar da Índia um de seus grandes navios, cheio de perfumes, especiarias e objetos preciosos. Na mesma noite ele convidou todos os amigos para um banquete... e mais uma vez Sadko não foi convidado.

A princípio Sadko se zangou, depois ficou triste e, em seguida, muito preocupado. Aquela noite, ele pegou sua cítara e foi se sentar sozinho numa pedra, à beira do lago Ilmen. Chegando lá, disse para si mesmo:

— O que estará acontecendo comigo? Ninguém mais me convida, as pessoas estão me esquecendo, estão fazendo suas festas sem mim. Será que não toco bem? Ora, eu toco muito bem, sim! Será que não conheço histórias bonitas? Ora, eu conheço histórias muito bonitas, sim! Será que não canto canções bonitas? Será que ando cantando mal? Bem que eu gostaria de saber!

Então, para provar que continuava tendo uma voz bonita, Sadko começou a cantar, sozinho, com acompanhamento de sua própria cítara. Quando ele estava cantando a primeira canção, a água do lago estremeceu. Que coisa curiosa! Mas Sadko não era medroso, e pôs-se a cantar outra.

Quando ele estava cantando a segunda canção, a água do lago se encapelou, formando pequenas ondas que vinham bater na margem. Ora, seria preciso mais do que isso para amedrontar Sadko. E ele continuou a cantar.

Mas, quando ele estava cantando a terceira canção, o lago Ilmen começou a borbulhar, depois a fumegar como um caldeirão no fogo...

Quando finalmente a fumaça se dissipou, Sadko viu aproximar-se um cisne, um lindo cisne branco com uma pequena coroa na cabeça graciosa. A ave se aproximou, tocou a terra, saiu da água, depois se transformou numa linda moça, que lhe disse:

— Obrigada, Sadko, pelas suas lindas canções! Sei de suas preocupações, mas não fique triste! Amanhã de manhã vá encontrar os ricos comerciantes de Novgorod e aposte com eles, quanto quiser, como vo-

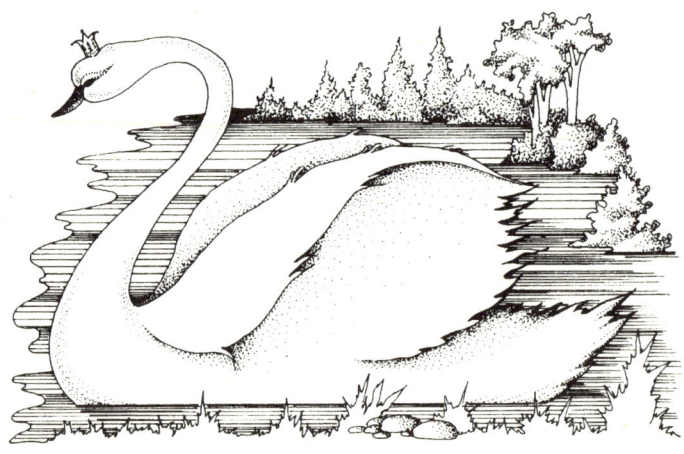

cê irá pescar o peixe de ouro. E pode deixar que farei você pescar o peixe de ouro!

Sadko ficou tão encantado que nem teve tempo de agradecer à linda jovem. Ela voltou a se transformar em cisne, mergulhou no lago e desapareceu. Era a ondina do lago Ilmen, ou seja, uma das filhas do imperador Vodianoi, deus de todas as águas do mundo, doces e salgadas... Pois naquele tempo ainda havia deuses!

Na manhã seguinte, Sadko saiu de casa e foi ao encontro dos ricos comerciantes de Novgorod.

— Quanto vocês querem apostar comigo como hoje vou pescar o peixe de ouro? — ele disse.

— Ora, você bebeu demais! — responderam os comerciantes, que mal tinham acordado e ainda bocejavam.

— Se eu bebi demais, não foi por obra de vocês! — disse Sadko, com amargura. — Ontem à noite vocês festejaram e não me convidaram! Mas estou falando sério: quanto querem apostar como vou pescar o peixe de ouro?

— Quanto você quiser!
O peixe de ouro não existe!

— Pois bem, então ouçam: se eu o pescar, vocês me darão dez navios cheios de mercadorias, para eu vender no estrangeiro. Se eu não o pescar, vocês me cortarão a cabeça.

— Tudo bem, combinado, vai ser engraçado! — responderam os comerciantes.

Algumas horas depois, lá estava Sadko de pé num barco, bem no meio do lago, com a rede na mão. Os comerciantes, os burgueses da cidade, todo o povo se aglomerava na margem assistindo à sua pesca.

Ele jogou a rede pela primeira vez, dizendo animado:

— Dama do lago, mantenha sua promessa!

Esperou um minuto, puxou devagarinho... e só conseguiu trazer lodo. Na margem, um risinho percorreu a multidão.

Sadko jogou a rede pela segunda vez, implorando, suplicando:

— Dama graciosa, não me abandone! Por acaso está querendo que me cortem a cabeça?

Esperou dois minutos, puxou receoso... e só conseguiu trazer algas! Dessa vez, a multidão soltou uma sonora gargalhada. O povo estava achando tudo aquilo muito engraçado e se regozijava por antecipação diante da idéia de ver a cabeça do músico rolar!

Então, desesperado, Sadko jogou a rede pela terceira vez, invocando a ondina energicamente... Até me disseram que ele lhe dirigiu alguns palavrões! Já estava sentindo a cabeça meio bamba, vacilando em cima de seus ombros... Sem esperar mais, ele puxou a rede... E lá estava o peixe de ouro! Um peixe lindo, grande, muito agitado, muito vivo, de um amarelo escuro e avermelhado, com todas as escamas e nadadeiras de ouro puro!

Sadko voltou à margem, levando o peixe na mão.

Na mesma hora o povo parou de rir, e os ricos comerciantes fecharam a cara! Bem que gostariam de matar o cantor, se pudessem, mas era impossível: a aposta tinha sido pública e a cidade inteira viu o peixe sair da água!

Não puderam deixar de cumprir a promessa. Na manhã seguinte, no grande porto de Novgorod, lá estavam no cais os dez navios, sendo carregados com mercadorias russas: madeira, peles, mel e também escravos, pois na época havia escravos!

Enquanto os navios eram carregados, Sadko percorria as ruas, as praças, os bares, para recrutar uma tripulação. Levava com ele todos os jovens desempregados, todos os homens não muito idosos, que fossem robustos e corajosos, que tivessem vontade de enriquecer ou de conhecer outras terras. Pouco importava que fossem vagabundos, trapaceiros, mendigos, ladrões ou pior ainda... Depois que reuniu duzentos ou trezentos homens, ele os fez subir nos dez navios, embarcou com eles, despediu-se da velha cidade de Novgorod e zarpou!

Naquele tempo havia, e ainda há, um rio chamado Volkhov, que saía do lago Ilmen para ir se lançar no lago Ladoga, mais ao norte.

Também havia, e ainda há, um rio chamado Neva, que saía do lago Ladoga e se lançava no mar Báltico, na altura de Leningrado*. Mas ainda não havia Leningrado, e era uma pena!

A frota de Sadko desceu então o rio Volkhov até o lago Ladoga, depois o rio Neva até o mar. Chegando ao mar, ela foi até longe, muito longe: até a Suécia, a Alemanha, a Inglaterra, a França, Veneza, Constantinopla... Alguns até dizem que a frota foi até a Índia, mas, para falar a verdade, nisso eu não acredito... Sadko parava em todos os portos. Vendia suas mercadorias russas, suas peles, sua madeira, seu mel e seus escravos. Em troca, comprava muitas coisas que não eram encontradas na Rússia: ouro e prata, perfumes e pérolas, tecidos, especiarias, objetos fabricados... Também fazia muita pirataria, quando tinha oportunidade. Na época, isso era comum...

Depois de muitos meses, finalmente ele resolveu voltar para casa. Os dez navios fizeram meia-volta... Mas nesse momento o vento parou de soprar. Aconteceu uma grande calmaria e a frota ficou imóvel.

Para os navios daquele tempo, isso era uma catástrofe. Imaginem que não havia motor, nem a carvão nem a gasolina, e os barcos só eram movidos a vela ou a remo. Ora, remar é muito cansativo e não leva muito longe!

Sadko e seus amigos puseram-se a refletir. Entenderam que o imperador Vodianoi estava zangado, aquele Vodianoi de quem eu falei, que era uma espécie de Netuno* eslavo, o deus de todas as águas do mundo, doces ou salgadas...

Desde que Sadko tinha começado a navegar pelos mares, fazendo comércio e ganhando muito dinheiro, ele ainda não agradecera ao deus, não lhe dera nenhum presente. Ora, naquele tempo os deuses gostavam muito de ganhar belos presentes!

— Tudo bem! Vamos jogar no mar um tonel de ouro puro!

Jogaram no mar um tonel de ouro puro, mas a calmaria continuou. Pelo visto não tinha sido suficiente.

— Vamos jogar no mar um tonel de prata da mais fina!

Pluft! Jogaram no mar um tonel da prata mais fina, mas parecia que ainda era pouco: nada mudou.

— Vamos jogar no mar um tonel de pérolas!

Splacht! As pérolas seguiram o mesmo caminho que a prata e o ouro puro, mas o vento não se manifestou.

Dessa vez os homens se olharam com uma expressão muito séria. Compreenderam que Vodianoi exigia uma vítima humana ou, como diziam, uma "cabeça viva". É preciso dizer que naquele tempo os deuses ainda não tinham perdido totalmente o mau hábito de exigir como oferendas o sacrifício de moças, crianças ou até homens.

— Tudo bem, vamos tirar na sorte! — disse Sadko.

Trouxeram ao convés uma bacia enorme e a encheram de água do mar. Cada homem gravou seu nome numa plaquinha de ouro e todas as plaquinhas foram jogadas na bacia. Só uma foi ao fundo. Ela foi retirada da bacia. Trazia o nome de Sadko.

Sadko empalideceu, se revoltou, protestou:

— Esse sorteio não foi justo! Vamos fazer de novo!

Dessa vez pegaram plaquinhas de madeira. Cada homem escreveu seu nome numa delas. Quando foram jogadas na bacia, todas flutuaram, menos uma, que afundou. Mais uma vez a plaquinha trazia o nome de Sadko.

O cantor começou a tremer. No entanto, mais uma vez ele se defendeu, gritando com toda a força:

— Não valeu! O sorteio não foi correto!

Os homens ao seu redor começaram a murmurar. Mesmo assim obedeceram. Pegaram de novo as placas de ouro, como da primeira vez, mas Sadko só escreveu seu nome numa placa de casca de árvore. Quando jogaram tudo na água, só ela foi ao fundo.

Então Sadko não agüentou mais e começou a chorar. Seus amigos o pegaram, uns pelos ombros, outros pelos pés, o balançaram uma, duas, três vezes, e o jogaram no mar.

Pelo visto era o que Vodianoi queria, pois o vento voltou a soprar, as velas se inflaram e a frota se pôs a caminho.

Mas o que aconteceu com Sadko? Enquanto os navios se afastavam, ele bracejava na água, tentando nadar... Depois de alguns minutos, paralisado de frio e cansaço, ele afundou, como uma chave de ferro. Mas, ao afundar, Sadko percebeu uma coisa curiosa: estava respirando dentro da água, com tanta facilidade quanto ao ar livre. Era sinal de que o imperador Vodianoi não queria sua morte, mas apenas sua presença.

Ele desceu, desceu. A água mudou de cor. Primeiro era verde-clara, depois se tornou azul-escura, cada vez mais escura, até ficar totalmente preta, completamente escura, opaca. Sadko não enxergava mais nada. Sentia que continuava descendo, mas já não distinguia nenhuma forma, nenhuma claridade. Finalmente, bem embaixo, muito ao longe, acendeu-se uma luzinha amarela. Aos poucos ela foi aumentando, foi se estendendo, tornou-se imensa, gloriosa, resplandecente... Finalmente o músico chegou ao fundo do mar, num esplendor dourado, e se viu diante de um imenso palácio inteiramente construído de coral vermelho e branco, semeado de flores vivas, de anêmonas-do-mar, de pólipos, de estrelas-do-mar, cercado de longas algas cujas folhas, lâminas e filamentos se elevavam verticalmente, levemente agitadas pelas correntes marinhas. O conjunto era amarelo vivo, marrom violáceo, vermelho encarnado, verde suave, azul cantante. O mais belo palácio da terra pareceria descorado a seu lado.

Diante da entrada monumental estavam postados vários grupos de guardas bem armados: peixes-espada, peixes-serra, tubarões com olhinhos de esmalte, de focinho chato dissimulando dentes ferozes. Outros peixes ainda, pedregosos, rochosos, rugosos lançavam em todas as direções nadadeiras afiadas, pontudas, venenosas. Polvos gigantescos encimavam a porta, com os tentáculos pendentes, prontos a cair sobre o primeiro intruso para agarrá-lo e levá-lo.

Mas Sadko, por sua vez, estava sendo esperado e foi bem-vindo e festejado. Duas companhias de narvais e de lúcios se perfilaram à sua passagem, o acolheram e o acompanharam. Guiado por eles, Sadko entrou no palácio.

Foi um deslumbramento. No palácio do imperador das águas havia um sol como o nosso e uma lua tão brilhante quanto a nossa. Estrelas cintilavam, no teto e nas paredes, enquanto outras flutuavam, aqui e ali, entre duas águas. De cima a baixo, de um lado a outro, o salão estava abarrotado de dignitários e cortesãos de Vodianoi: arraias, caramujos, serpentes e lulas gigantes, peixes-cotovia... Em torno dos animais enormes circulava e rodopiava uma multidão de alevinos multicoloridos. E bem ao fundo, sentado num trono de ouro do qual escorriam algas verdes e marrons, estava o Senhor do Oceano. Assim que viu Sadko, chamou-o com voz tonitruante e cordial:

— Então, meu caro, não vem me cumprimentar? Eu é que devo ir até você?

Sadko inclinou-se, desculpou-se timidamente, mas Vodianoi emendou:

— Não faz mal, não vou me zangar por isso! Mas, já que está aqui, quero que toque para meus convidados dançarem!

— Não tenho nenhum instrumento! — respondeu Sadko, com voz débil. — Meus amigos me jogaram no mar sem me deixarem levar minha cítara!

Dessa vez o deus soltou uma risada sonora:

— Não se preocupe com o instrumento! Com todos os barcos que afundam, isso não é problema. Tragam a mais bela das minhas cítaras e entreguem-na ao cavalheiro!

Imediatamente, um polvo solícito trouxe uma cítara de madeira preciosa, incrustada de ouro e madrepérola, bem afinada, vibrante, suave de se tocar... Na mesma hora, Sadko começou a tocar uma música de dança.

Foi uma maravilha ver as criaturas das águas deslizarem umas em torno das outras, se agruparem e se separarem, se abrirem e se encolherem, desenharem com seus corpos mil ornamentos vivos e moventes, enchendo o salão do chão ao teto...

— Mais uma! — exclamou o rei dos mares, quando a dança terminou.

Então Sadko tocou outra música, mais alegre, mais heróica. Dessa vez, os animais marinhos se enfileiraram, desfilaram, puseram-se um ao lado do outro, depois se cruzaram, se entremearam, simulando no salão como que uma queima de fogos de artifício, de uma vivacidade louca, vertiginosa e fascinante.

— Mais uma! Mais uma! Mais depressa! Mais alto! — gritou Vodianoi.

Sadko, entendendo o que ele queria, tocou então uma dança desvairada, trepidante, selvagem. O espetáculo tornou-se grandioso. A multidão parecia enlouquecida, os animais de todas as formas, tamanhos e cores surgiam e desapareciam, se esquivavam aos saltos, reapareciam mais ao longe, voltavam, mergulhavam, subiam, desciam. Era como um sonho de demência, de violência, de magia, de beleza.

O músico não sabia, no entanto, que na superfície da água sua música tumultuada e aquela dança desvairada faziam armar-se uma pavorosa tempestade.

De repente ouviu-se como que um enorme som de sino. O palácio vibrou até os alicerces. O sol piscou, a lua vacilou, as estrelas estremeceram. Todos os dançarinos se imobilizaram, Sadko parou de tocar, a luz se enfraqueceu, baixou um imenso silêncio.

— Está feito — disse gravemente o rei dos mares.

Ele desceu de seu trono e fez um sinal a Sadko.

— Venha comigo.

Os dois saíram juntos. Fora, diante do palácio, jaziam vários navios que acabavam de afundar. Outros mais caíram sobre o próprio palácio e se empalaram em agulhas de coral. Os cascos se arrebentaram, as caixas se escancararam, os tonéis se quebraram, os mastros se deslocaram, vários marinheiros naufragados ficaram amarrados nos cordames enredados. Horrorizado, Sadko reconheceu seus navios, suas riquezas, seus pobres companheiros. Ele estremeceu, recuou, teve vontade de gritar.

— Muito bem, espero que esteja satisfeito — disse o imperador das águas, sorrindo. — Agora está vingado!

Então o músico entendeu tudo. Tinha sido de propósito, para lhe agradar. Vodianoi fizera Sadko tocar músicas cada vez mais rápidas para provocar o naufrágio da frota e afogar os companheiros que o jogaram no mar... As criaturas das águas são insensíveis à piedade e ignoram o perdão.

O que fazer? O deus ficaria ofendido se visse Sadko chorar... Então Sadko conteve as lágrimas e se inclinou diante do soberano, dizendo:

— Eu lhe agradeço, majestade, mas me pergunto como farei para voltar à minha terra, agora que já não tenho navios!

O rei dos mares olhou para ele com uma expressão estranha e depois respondeu, com um sorriso enigmático:

— Não se preocupe, já pensei nisso!

Ele levou Sadko até o salão de festas, mandou-o sentar-se em seu trono e lhe disse com um risinho:

— Creio que você conhece minha filha, a ondina do lago Ilmen, não é mesmo? Pois bem, já que é assim, eu lhe ofereço a mão dela em casamento. Você se casará com ela hoje à noite, dormirá com ela num quarto do palácio e amanhã acordará à beira de seu lago, perto de Novgorod. No entanto, sob uma condição: que você a encontre e a reconheça entre todas as minhas filhas! Sadko, é claro, aceitou na mesma hora. Achou que seria perfeitamente capaz de distinguir, entre todas as filhas do czar Oceano, aquela que vira às margens do lago... Mas, quando subiu em companhia do futuro sogro ao andar superior, onde se alojavam as ondinas, viu-se em meio a uma multidão enorme de moças, muitos milhares, talvez muitos milhões, cada uma delas exatamente, rigorosamente igual às outras irmãs!

Pois era isso mesmo: assim como uma gota d'água é igual a outra gota d'água, todas as filhas do oceano eram cópias umas das outras. Tinham os mesmos olhos profundos, do mesmo verde mutante, o mesmo olhar líquido, o mesmo corpo ondulante, os mesmos braços envolventes, o mesmo andar flexível, os mesmos pés escorregadios, os mesmos cabelos esverdeados que tremulavam e dançavam. E todas eram ondinas, de um mar, de um rio, de um lago, de um riacho, de um ribeirão, de uma fonte ou até de um simples brejo...

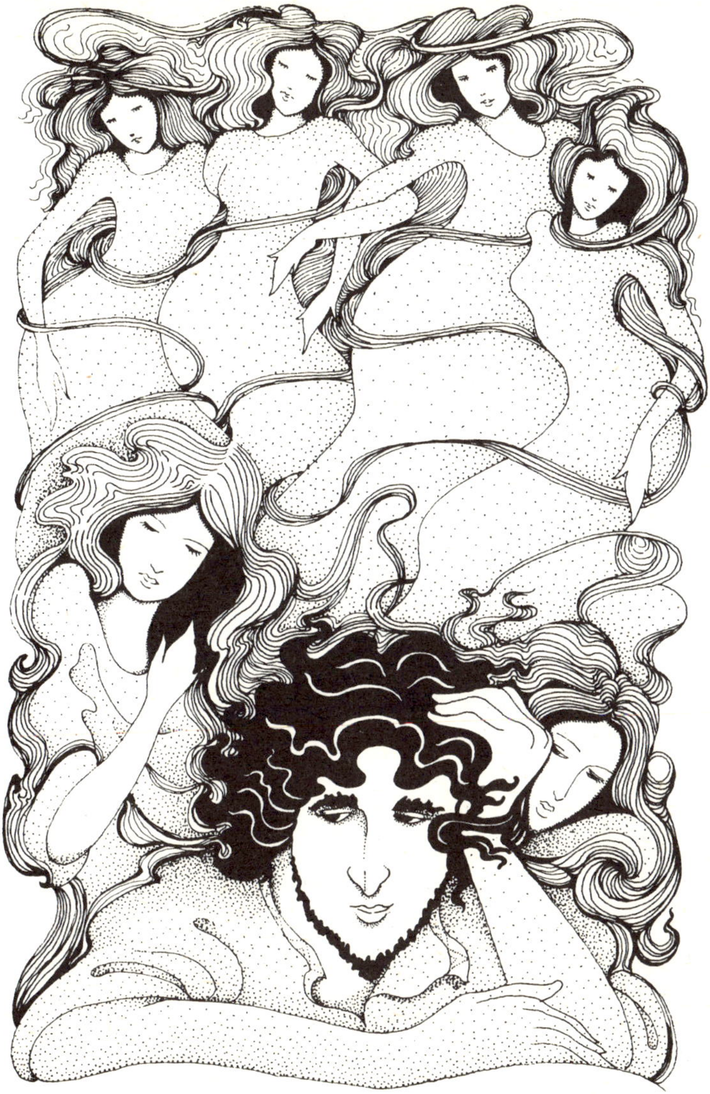

— Agora faça sua escolha! — disse Vodianoi.
— E não erre! Se, por engano, desposar a ondina do Nilo, amanhã de manhã você acordará às margens do rio Nilo, ou seja, no Egito! E, se for a ondina do Indo, você irá dar na Índia. Se por acaso escolher a ondina do Amazonas, você irá parar na América do Sul! Portanto, cuidado!

— O Amazonas? A América do Sul? O que é isso? — murmurou o músico. — Nunca ouvi esses dois nomes...

— Justamente. O Amazonas é um rio que vocês ainda não conhecem, e a América do Sul é uma região que ainda não foi descoberta. Se você for para lá, nunca mais irá ver a Rússia!

Como vocês podem imaginar, o Vodianoi fazia tudo aquilo de caso pensado. O velho esperto queria que Sadko desistisse de ir embora, para continuar desfrutando de sua música.

Vendo todos aqueles rostos, que pareciam ser apenas um, mas copiado, repetido, reproduzido e multiplicado em milhares de exemplares, o pobre citarista ficou arrasado. Ele perguntou timidamente:

— Será que eu poderia pelo menos... lhes fazer umas perguntas?

O imperador dos mares sorriu, malicioso:

— Pode lhes fazer as perguntas que quiser, mas eu as proíbo de responder, seja com uma palavra, com um gesto ou mesmo com um sorriso! E ai daquela que desobedecer! Vou ficar aqui enquanto você faz sua escolha. Vamos, comece!

Então, em vez de ficar ali, parado, sem fazer nada, Sadko começou a investigar. Começou a andar ao acaso por entre a multidão de moças, interrogando uma depois da outra:

— É você a ondina do lago Ilmen?

Mas nenhuma respondia, nem com uma palavra, nem com um gesto, nem mesmo com um sorriso. Simplesmente olhavam para ele, com um olhar neutro, vazio, inexpressivo, sem simpatia nem hostilidade. Então ele continuava:

— É você a ondina do lago Ilmen?

Nada, nada mesmo, nem uma piscada, nem um murmúrio. Percebia-se que aquelas donzelas eram muito, muito bem educadas e que tinham muito medo do pai!

Ele fez isso durante uma hora, duas horas, duas horas e meia, três horas... Ao final de três horas, no entanto, o músico já estava prestes a desistir quando viu, acima de uma das cabeças, um peixinho de ouro igual ao que tinha pescado antes, mas de tamanho menor. Teve uma suspeita. Aproximou-se da moça que estava bem embaixo do peixe:

— É você a ondina do lago Ilmen?

A moça também não disse nada, não fez um gesto e sua expressão permaneceu impassível. Mas o peixinho lá em cima se agitou entusiasmado, vibrou alegremente a cauda e fez sim com a cabeça.

Então Sadko tomou a moça pela mão e a levou até o pai.

— É com esta que eu quero me casar!

Vodianoi, que conhecia muito bem todas as filhas, olhou para ela. Escancarou a boca, arregalou os olhos. Depois franziu a testa.

— Como adivinhou que era ela?

— Adivinhei, ora... — respondeu Sadko, modestamente.

— Você é mais esperto do que eu imaginava — disse o deus, ligeiramente decepcionado. — Mas, enfim, você venceu. Eu tenho palavra!

Na verdade, como vocês devem ter entendido, o esperto não foi ele, foi ela! Era muita esperteza da parte dela ter encontrado aquele jeito de se fazer reconhecer, sem desobedecer ao pai, sem uma palavra, sem um gesto, sem um sorriso!

Na mesma noite celebraram o casamento, um casamento de arromba. Mais uma vez houve música, dança, muita dança... A dança foi tão animada que provocou uma tempestade pavorosa, pior ainda do que a primeira! Os barcos choviam, literalmente, no fundo do mar! Mas dessa vez Sadko estava tão feliz que nem ligou!

Quando todos se cansaram, levaram-no com sua jovem mulher a um quarto magnífico, todo mobiliado de coral e ouro, decorado de madrepérola e pérolas. Os dois se deitaram num leito de sargaço e alga marinha e dormiram de mãos dadas.

No dia seguinte, ao levantar do sol, mas do nosso sol, Sadko acordou sozinho, deitado no capim verde, à beira do lago Ilmen, tal como prometera o imperador das águas.

Ele reconheceu perfeitamente o lugar. Era o lugar em que, numa noite em que estava triste, ele cantara suas canções diante da água do lago. Não muito longe dali, Sadko viu brilhar, por cima dos muros altos, as cúpulas douradas das igrejas de Novgorod.

Desse dia em diante, até o fim de sua vida, Sadko, o citarista, foi o músico mais feliz do mundo. Sempre que havia um casamento, um batizado, ele era convidado. Mais ainda: não havia uma festa, por menor que fosse, de que ele não participasse. A cada quatro dias, a cada três dias, às vezes até dia sim dia não, chamavam-no para ir à casa ora de um, ora de outro, ofereciam-lhe comes e bebes, dinheiro e belas roupas... Em troca, Sadko cantava, tocava cítara, contava belas histórias e, principalmente, contava sua viagem. Pois, entre suas narrações, a que mais agradava e que sempre era solicitada, porque ninguém deixava de ouvi-la, era a de suas aventuras no mar e no fundo do mar.

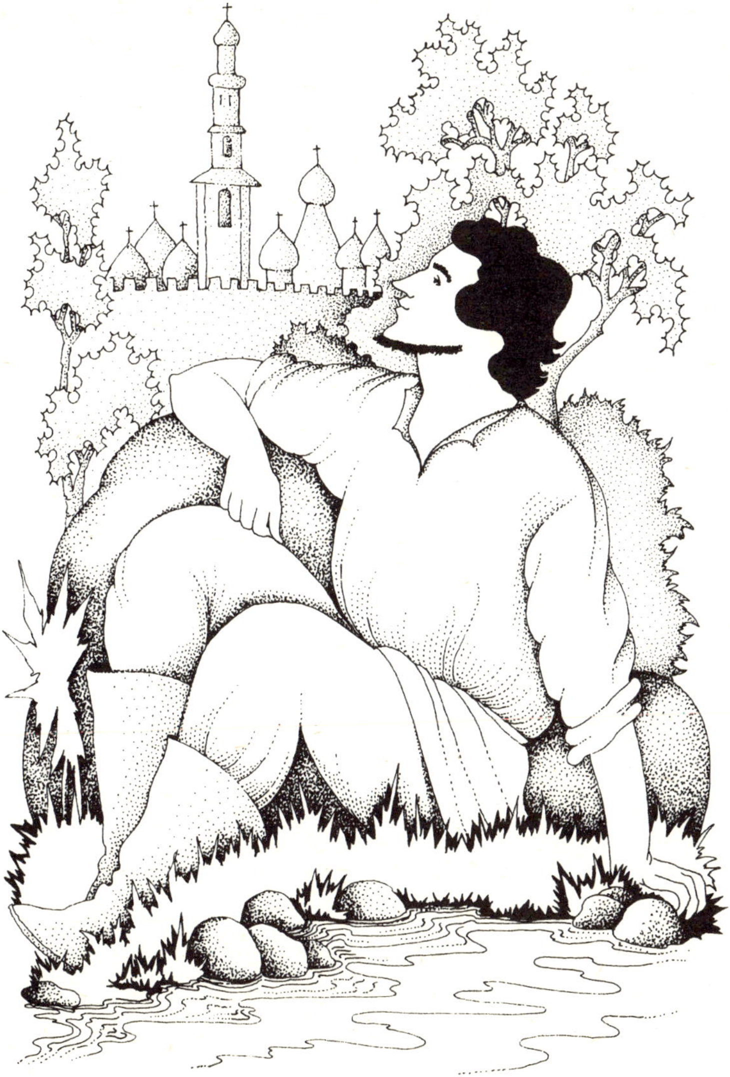

A viagem de São Deodato

Esta é a história de um vilarejo do interior da França que um belo dia quis tornar-se porto de mar. E vocês vão ver como ele conseguiu o que queria. Para dizer a verdade, não conseguiu sozinho, mas com a ajuda de um menino.

Claro, vocês não estão acreditando. Não conseguem nem imaginar que um vilarejo situado no interior possa ter saído de seu lugar de origem para se instalar no litoral. No entanto, foi isso mesmo que aconteceu. Aliás, para vocês terem certeza de que não estou mentindo, quero dizer desde já que esta é a minha história. Isso mesmo, exatamente, ela aconteceu comigo! O tal vilarejo sou eu mesmo!

Eu me chamo São Deodato. Naquela época, que era um pouco antes da Segunda Guerra Mundial, eu tinha um pouco menos de dois mil habitantes e me estendia por mais de um quilômetro ao longo da margem esquerda do rio Loire*.

Saibam também que sou muito antigo, pois eu já existia no tempo da Gália romana. Até assisti à passagem do exército de Júlio César! Ainda o vejo como se fosse hoje: o exército passou por uma estrada (era uma estrada para a época; hoje seria uma trilha)... como eu ia dizendo, o exército de Júlio César passou por uma estrada que a partir de então se tornou uma de minhas ruazinhas. Mais tarde, o rei Francisco I parou para dormir em uma de minhas casas. Catarina de Médicis também passou por mim. A bem da verdade, essa passou pela região toda...

De fato, naquele tempo o rio Loire era navegável até a altura em que eu ficava, e até mais adiante ainda. Só que um rei da França chamado Luís XIV resolveu fazer muitos navios para constituir uma marinha para o país. Então ele precisou de madeira, de muita madeira. Para isso, mandou derrubar árvores, muitas árvores da região. O terreno granítico, perdendo a proteção da vegetação, se fragmentou, erodiu, se desgastou. O solo se quebrou em pedacinhos que, levados pelas águas da chuva, encheram o leito do rio Loire de areia, e foi assim que o rio deixou de ser navegável... No século XVII ainda não havia ecologistas para dizerem ao rei que ele estava fazendo bobagem. Tenho a impressão de que, mesmo que houvesse ecologistas, o rei teria mandado prendê-los, pois o principal para ele era a grandeza da França!

Como lembrança do tempo em que os barcos de mercadorias vinham de muito longe e chegavam até mim, havia no meu cais, aqui e ali, grandes lajes, cada uma com uma enorme argola de ferro, em que as embarcações eram amarradas. Essas lajes ainda existem, mas as argolas imensas estão enferrujadas, pois não servem mais para nada nem para ninguém.

Finalmente, a uma certa distância de mim, mas fazendo parte do mesmo município, havia um castelo, o castelo de Cracougnasse, que pertencia a um conde de mesmo nome. Não era um castelo muito grande, como outros da região. Mas era um castelo de verdade, embora meio arruinado, com três torres que lembravam as fortalezas antigas. Aliás, eu mesmo, São Deodato, também tinha muros. Eram pequenas muralhas que davam para o rio, com pequenas torres, lembrando a época em que eu era uma cidade fortificada.

Mas ouçam agora o que me aconteceu. Em 16 de julho de 1935, o conde de Cracougnasse chegou ao seu castelo, como fazia todos os anos na mesma época. Ele passava as férias de verão com sua mãe, que ficava no castelo o ano todo. Dessa vez, ele não chegou sozinho. O conde trouxe junto uma família parisiense, que se compunha de três pessoas:

O sr. Barbichu, que tinha barba nas bochechas!

A sra. Barbichu, que também tinha barba, mas não muita.

O menino Barbichu, que só tinha dez anos e não tinha barba nenhuma.

Todos foram acolhidos pela mãe do conde, a condessa de Cracougnasse, e ficaram hospedados no velho castelo.

O conde em pessoa tinha convidado essa família, e tinha boas razões para isso: queria pedir emprestado ao sr. Barbichu uma grande quantia de dinheiro, para reformar o castelo de seus ancestrais e transformá-lo em hotel. Ele dizia que, assim, alugando os quartos no verão, logo poderia ganhar dinheiro suficiente para pagar a dívida, até com juros.

A sra. Barbichu era favorável ao projeto. Em primeiro lugar, sentia-se muito lisonjeada em poder ajudar uma família nobre a melhorar de vida. Depois, gostava muito do conde, porque ele era gentil, bem educado, vestia-se bem, era risonho, bem-cuidado, estava sempre com os sapatos engraxados, o queixo barbeado, as unhas limpas e cheiroso.

O sr. Barbichu ainda hesitava. Em primeiro lugar, em vez de vir até mim ele teria preferido passar suas férias anuais na praia, como no ano anterior. Depois, ele não tinha a mesma admiração de sua mulher pelo conde de Cracougnasse.

Mas o mais decepcionado era o menino Paulo. Ele só gostava de praia. Tinha saudade da areia fina, dos banhos de água salgada, das conchinhas, dos rochedos, dos passeios de barco, dos siris, dos camarões, dos peixes, das medusas, de todos os animais que se vêem no mar... Além do mais, Paulinho tinha ciúmes. Detestava o conde de Cracougnasse, pois achava que aquele homem ocupava muito espaço na família e que os pais davam atenção demais a ele! Só que não havia o que fazer, pois quem mandava na família era sua mãe. E a mãe do Paulinho achava que passar as férias na praia saía muito caro, que lá as pessoas eram muito bobas e que, além do mais, a brisa marinha fazia muito mal para quem tinha temperamento nervoso...

O menino Paulo teve de se consolar tomando alguns banhos de rio com o pai. Pois, no trecho de rio onde eu me localizava, havia uma ilha. No verão, quando as águas estavam baixas, dava para atravessar a pé até a ilha, e lá havia uma praia de areia.

Nos últimos dias de setembro, na época em que, no mar, ondas enormes se quebram na praia, o sr. e a sra. Barbichu foram com o conde até o notário do vilarejo, o meu notário, que ficava na rua principal. Lá eles assinaram um papel, dizendo que o casal emprestaria ao conde muito, muito dinheiro, já não sei quanto era... Então, todos voltaram para Paris, deixando no castelo só a velha condessa.

Um ano depois, isto é, em julho de 1936, o conde voltou, e também os Barbichu. Mas dessa vez a família não ficou alojada no castelo, pois ele ia passar por uma grande reforma. Os Barbichu alugaram dois quartos no hotel, cujos jardins davam para o rio Loire. Depois voltaram ao notário, mas só o pai e a mãe, para comprar uma casa. Paulinho estava cada vez mais decepcionado. Até então tinha uma vaga esperança de que os pais se zangassem com o conde, se cansassem de mim, do castelo, do campo, e de que toda a família voltasse à praia, se não naquele ano, pelo menos no ano seguinte. Mas, depois que a casa foi comprada, era evidente que ela não ficaria vazia e que eles voltariam sempre.

O mais engraçado é que, de fato, os Barbichu se zangaram com o conde no verão seguinte, em 1937.

Pois, em vez de gastar o dinheiro emprestado com a reforma do velho castelo, o conde de Cracougnasse tinha preferido gastá-lo em Paris, não sei muito bem em quê. A sra. Barbichu, principalmente, ficou muito desgostosa... A devolução do dinheiro, por sua vez, foi adiada para mais tarde, muito mais tarde... na verdade, vou dizer desde já: os pais do menino Paulinho nunca mais viram o dinheiro que tinham emprestado.

Só que, para o menino Paulo, era tarde demais. Os pais já tinham comprado, arrumado, reformado e mobiliado a casa nova. Tinham gasto muito dinheiro e queriam aproveitá-lo o mais possível. Portanto, voltariam todos os anos, com a única diferença de que não freqüentariam o castelo. Paulinho se preparava para ficar muito, muito tempo separado do mar. Foi então que ele começou a sonhar.

Eu acompanhava todos os seus pensamentos, pelo menos quando ele estava em mim. De modo geral, tenho o hábito de acompanhar, dia a dia, todos os pensamentos dos meus habitantes, pois afinal minha alma é a deles... Mas eu gostava particularmente dos pensamentos do menino Paulo, pois achava-os profundos, poéticos, comoventes.

A primeira vez, foi numa noite da primeira quinzena de agosto, em 1937. No dia anterior tinha feito muito calor. As pedras, as paredes, as casas, que tinham absorvido o calor do dia, continuavam a exalá-lo até depois da meia-noite. Quando se vinha dos campos, que já tinham refrescado, sentia-se mais ainda o calor. Paulinho estava dormindo no quarto, quase sem coberta, com a janela aberta. No sono ele ouvia vagamente alguma coisa zumbir, sussurrar, murmurar. Não sabia muito bem se era o canto dos grilos, seu próprio sangue em seus ouvidos ou apenas o silêncio, o grande silêncio do campo adormecido, tão profundo que acaba sendo percebido como um rumor. No sonho, Paulinho se levantava, descia a escada, saía de casa, andava até o final do jardim. Mas o jardim tinha se tornado tão, tão comprido que já não chegava até a beira do rio Loire, mas até a beira do mar, a uma imensa praia de areia, em que grandes ondas escuras, brilhantes e aveludadas vinham de muito, muito longe, para morrer murmurando umas após as outras. Bem perto dali, atrás de um braço de rochedos, adivinhava-se a presença de um pequeno porto de pesca. E esse porto era eu, isso mesmo, eu, São Deodato, tal como Paulinho me via em seu sonho.

Eu estava profundamente emocionado. Os camponeses que moravam em mim não sonhavam muito, e nunca coisas tão bonitas. Eu tinha vontade de obedecer àquele menino e de me transportar para a beira do mar. Afinal, lembrava-me de que já tinha sido porto, e bem que eu gostaria de voltar a sê-lo...

Claro, era apenas um sonho. Eu também estava sonhando. Nem acreditava que aquilo fosse possível. O menino Paulo também não acreditava. Pobre coitado, fazia o possível para se consolar, em imaginação. Nós dois nos consolávamos, cada um de sua própria saudade. Ainda não sabíamos que a imaginação é uma força, uma força de verdade, enorme, que age lentamente, com paciência e tranqüilidade, mas muitas vezes superior à própria vontade.

Durante todo aquele verão, até o fim de setembro (pois naquela época as aulas só recomeçavam nos primeiros dias de outubro), Paulinho sonhava quase todas as noites que descia ao jardim e ia até o mar, ora para nadar, ora para pescar, muitas vezes também para navegar num barco mágico. E eu sonhava junto com ele.

No outono seguinte, depois que os Barbichu voltaram para Paris, tentei ver se dava certo mandar uma parte de mim até a costa do Atlântico. Para minha grande surpresa, consegui logo de início. Uma das lajes do meu cais, com sua enorme argola de ferro, se transportou, certa manhã, até a beira do mar. Instalou-se numa pequena baía, um abrigo natural completamente deserto, mas que servia muito bem para constituir um pequeno porto de pesca. Bem ao lado, uma praia de areia fina descia suavemente até o nível das ondas. O lugar era exatamente igual àquele com que Paulinho e eu sonhávamos.

Os habitantes de São Deodato não perceberam nada. Só dois dias depois, uma velhinha com seu velhinho, que foram passear para aqueles lados, disseram algumas palavras sobre o assunto. Primeiro o velhinho resmungou vagamente:

— Ei, minha velha, aqui não havia uma pedra grande, com uma argola? O que será que foi feito dela?

A velha encolheu os ombros:

— Imagine! Se a pedra estivesse aí, deveria continuar no mesmo lugar, não é mesmo? Quem você acha que iria pegá-la?

— É... é... — disse o velho, com ar de dúvida e indiferença. E não disse mais uma palavra.

Encorajado pelo resultado, na noite seguinte transportei um lampião, que passou a brilhar sozinho na baía, todas as noites, em meio ao chuvisco com cheiro de sal. Depois foi a vez de alguns pedaços de muralha, isolados e em ruínas, que não serviam para ninguém. Em seguida mandei para minha nova localização três ou quatro casas: uma em ruínas, isolada; uma outra que estava inteira mas totalmente vazia, na qual ninguém mais morava, havia muitas gerações; finalmente duas outras que estavam habitadas, mas por pessoas pobres, quase miseráveis.

Só então meus habitantes se abalaram um pouco. O sr. Dalors, que era o prefeito, fez algumas investigações. Primeiro achou que malfeitores estavam roubando as pedras. Mas, quando lhe disseram que as construções desaparecidas se encontravam a trezentos quilômetros dali, na costa do Atlântico, ele quis resistir. Mandou trazer de volta o lampião, pois era o único do município e tinha custado muito caro para a prefeitura.

Por sua vez, o abade Cedário, que era meu padre, falava em exorcizar o vilarejo, ou seja, eu. Pelo que ele dizia, o diabo em pessoa estava me assombrando, me possuindo, com a permissão de Deus, é claro, para me punir por impiedade. Era uma calúnia: não tenho nada a ver com o diabo e nem tenho a honra de conhecer esse cavalheiro. No entanto, devo admitir que meus bons cidadãos quase só iam à igreja por ocasião de batizados, casamentos e, principalmente, enterros. Fora isso, domingo de manhã os homens ficavam em casa, fazendo consertos, ou iam ao café, enquanto suas mulheres e suas filhas (nem todas) assistiam à missa. No vilarejo, religião é como cozinha e filhos: assunto de mulher.

Nas primeiras semanas de 1938, começou para valer a guerrinha entre mim, de um lado, meu prefeito e meu padre, do outro. Primeiro mandei o lampião de volta para a beira do mar, logo em seguida transferi para lá várias casas, com as famílias que moravam nelas, só para ver no que ia dar!

Duas ou três dessas famílias voltaram nos dias seguintes. Pelo visto preferiam seus campos a suas moradias. As outras, que não eram do contra, ficaram perto do mar, começaram a pescar e a cultivar tranqüilamente as terras vizinhas...

Então, minha pequena população se dividiu em duas partes: alguns, entendendo qual era minha intenção, aceitaram me acompanhar; outros se agarraram ferrenhamente a sua terra. Recusavam-se a tomar conhecimento, recusavam-se a entender, teimavam em resistir ao que chamavam coisa do demônio. Como vocês podem imaginar, meu prefeito e meu padre eram dessa opinião.

Então, na noite do primeiro sábado para o primeiro domingo de fevereiro de 1938, dei um grande golpe: transportei a igreja inteira para meu novo local. De manhã, ao chegar para rezar a missa, o padre encontrou apenas a praça vazia, sem o lugar sagrado. O coitado se pôs a fazer sinais da cruz em todas as direções, depois me percorreu, de uma casa para outra, pedindo dinheiro aos camponeses para construir um novo santuário... Infelizmente para ele, meus bons paroquianos só deram quantias ridículas. Ponham-se no lugar deles! Estavam todos achando que logo iriam seguir o mesmo caminho de sua igreja, com seus sítios e seus animais! Se era assim, para que reconstruir?

O padre, então, deixou de lutar. Dizia que, se a própria casa do senhor tinha levantado vôo como por

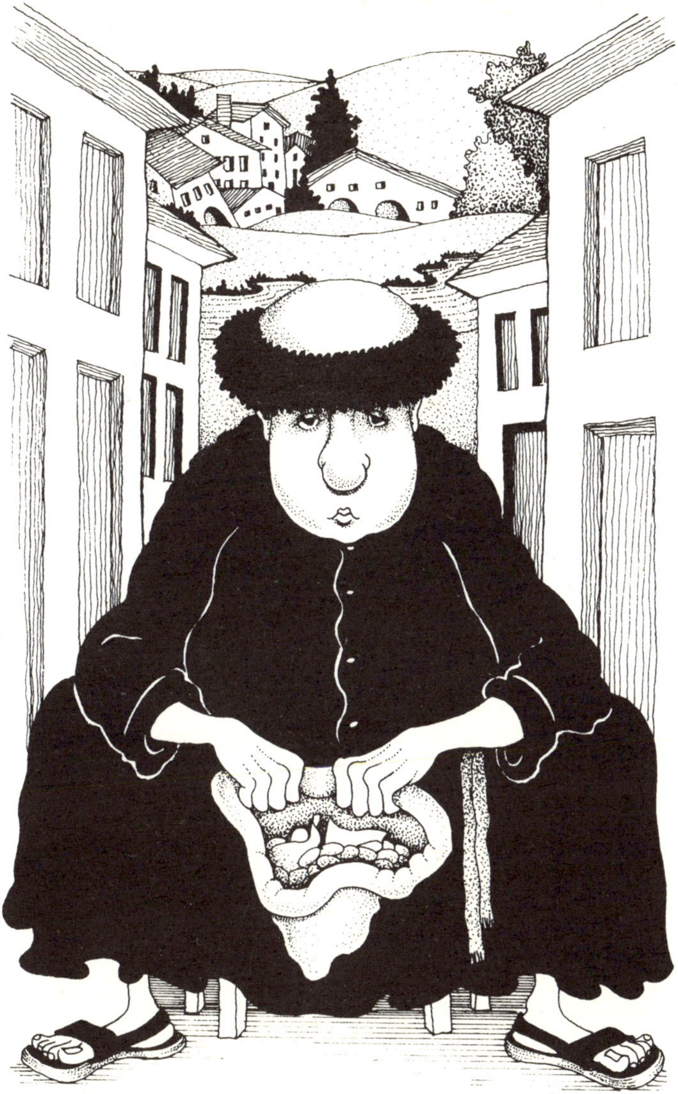

magia, decerto era essa a vontade de Deus. Ao ouvi-lo falar assim, o prefeito, sr. Delors, ficou roxo de raiva:

— E a peste, padre, e todas as doenças? Também foram por vontade de Deus, não é mesmo? Isso é razão para não curá-las?

Mas o bom padre já não podia resistir. Vendo que ele passava para o meu lado, não lhe dei tempo para se arrepender: na noite seguinte o mandei para perto de sua igreja, com seu presbitério, sua criada e seu gato.

Durante os meses seguintes, sem pressa mas sem interrupção, continuei transportando meus habitantes, suas casas, suas ferramentas, seus animais. É claro que comecei pelos mais favoráveis, pelos que aceitavam a vida nova. Enquanto isso, os outros continuavam refletindo e discutindo entre eles. De modo geral eram os camponeses ricos, os que tinham as terras melhores do lugar. Esses eu estava reservando para o ato final!

Finalmente, no dia 17 de julho de 1938, os Barbichu voltaram para as férias, como de costume, e se instalaram em sua casa, com a qual eu não tinha mexido. No dia seguinte, eles ficaram sabendo, pelos comerciantes, de tudo o que tinha acontecido ao longo do inverno. Durante dias, principalmente durante noites, eu os segui atentamente, eles e seus pensamentos, seus sonhos.

A sra. Barbichu não estava tranqüila. Não estava gostando nada daquela história. Mas logo entendi que ela tinha se apegado muito mais à sua propriedade do que ao próprio lugar. No fundo, depois de romper com o conde de Cracougnasse, não lhe importava muito estar aqui ou ali. O que ela mais temia é que a casa sofresse com a viagem. Ela não me conhecia...

O sr. Barbichu estava indiferente. Não detestava o campo, mas preferia o mar. O que ele mais desejava era evitar cenas, discussões, confusões. De caráter fácil, plácido e seguro, ele só queria estar sempre feliz!

Quanto ao Paulinho, ele tinha me entendido desde o primeiro dia. Seu coração e o meu eram iguais.

No dia 30 de julho, às três da manhã, me despedi do velho rio Loire e me transportei inteiro, definitivamente, para a beira do mar. Dessa vez levei minha coletoria, meu correio, minha prefeitura, meus bombeiros, meu médico, meu notário, enfim, todos os meus poderes e toda a minha administração. Só deixei em seu lugar de sempre o castelo de Cracougnasse, que não me interessava. Nem sei, e nem quero saber, se ele ainda existe hoje.

Quanto à casa dos Barbichu, eu a fiz viajar com uma suavidade especial, sem uma trepidação, sem um solavanco. Nenhum azulejo se quebrou, nenhum móvel saiu do lugar, nenhuma tábua do assoalho rachou. Reservei para ela a localização mais bonita, não muito longe do porto, mas na praia. Assim, chegando ao fim do jardim, o menino Paulo só tinha de passar pelo portão e atravessar uma rua para chegar à beira do mar, exatamente como nos sonhos dele.

Eu esperava alguma resistência dos meus camponeses ricos, mas não. Eles lamentavam suas terras, é claro. Os homens xingavam, reclamavam, as mulheres choravam um pouco... Mas no fundo não estavam tão infelizes assim. É que havia muito tempo eles mantinham escondidos entre suas grossas paredes maços de documentos, títulos, dinheiro, enfim, um monte de valores que prezavam mais do que qualquer outra coisa! Então eles venderam suas terras à beira do rio Loire a outros habitantes das cidades vizinhas para comprar outros campos na região para onde eu os levara. Assim, continuaram a enriquecer.

Devo dizer que meu prefeito, o sr. Delors, reagiu muito bem. Era um homem realista e um excelente administrador. Quando viu que não havia esperança de voltar ao passado, enfrentou corajosamente a nova situação e organizou tudo para o bom funcionamento de seu município.

Hoje, ele está morto. Depois dessa época, muita coisa aconteceu. O pais de Paulinho morreram, mas o menino e eu realizamos nosso sonho. Continuo sendo um porto de mar e, como se diz, pretendo continuar sendo. Meu amigo, o velho Paulo (pois agora ele está velho) não mora mais em Paris. Aposentou-se e está morando em mim, em sua casa à beira do mar. Passa os dias tranqüilamente, olhando o quebrar das ondas que vêm de muito, muito longe... Ele e eu nos amamos muito.

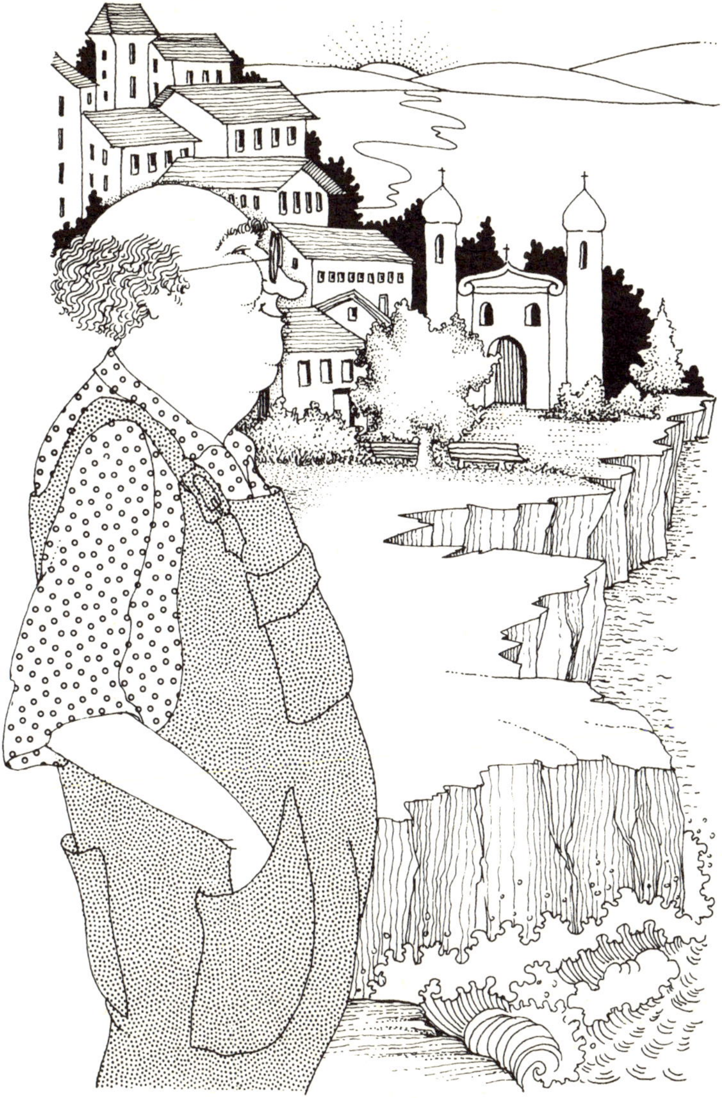

Senhora O-chão-é-muito-baixo

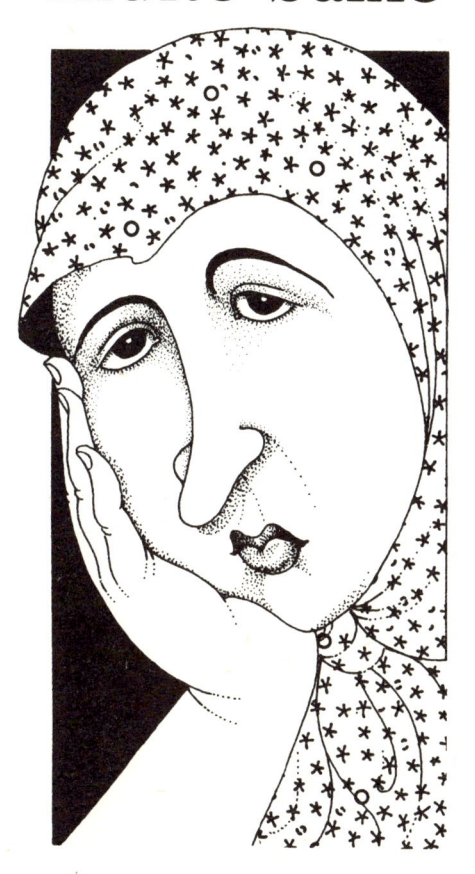

Naquele país, ou no outro, ou no país de lá ou de outro lugar, havia uma camponesa. Ela tinha campos e campinas, e um marido para cultivá-los; tinha uma casa com sala, quarto, cozinha e lareira, tinha cavalos, vacas e bezerros, gansos e coelhos, galinhas, pintinhos, peruas, perus, patas, patinhos e muitas outras coisas... Ela trabalhava muito, porque precisava, mas, apesar de tudo, era negligente, indolente, suja, descuidada e tão preguiçosa que nunca varria a casa e nunca se dava ao trabalho de pegar o que caía no chão.

Por isso, todas as pessoas da região, em vez de chamá-la pelo nome, lhe deram um apelido. Chamavam-na de sra. *O-chão-é-muito-baixo*.

Certa manhã, ao voltar da cocheira, a sra. O-chão-é-muito-baixo levou para dentro de casa uma palha muito comprida grudada no tamanco. Depois de alguns passos, a palha se desgrudou e ficou ali, no chão. Espantada, ela se perguntou:

— O que é que estou fazendo aqui? Meu lugar é na cocheira! Espero pelo menos que essa senhora me jogue lá fora!

Então a palha começou a gritar:

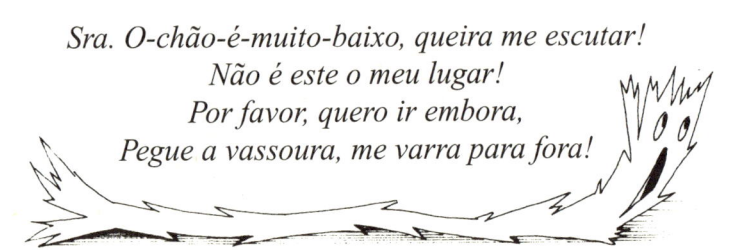

Sra. O-chão-é-muito-baixo, queira me escutar!
Não é este o meu lugar!
Por favor, quero ir embora,
Pegue a vassoura, me varra para fora!

Por acaso vocês acham que a camponesa varreu a palha? Nem pensar! Ela nem a ouviu.

Um minuto depois, ouviu-se uma pequena explosão, paf!, na lareira. Foi um pedaço de lenha que estalou. Ao mesmo tempo, uma brasa viva e vermelha rolou para perto da palha. Também ela se perguntou:

— O que estou fazendo no meio da sala? Aqui não é meu lugar! Espero que essa senhora me ponha de volta na lareira!

E a brasa também começou a gritar:

Sra. O-chão-é-muito-baixo, queira me escutar!
Não é este o meu lugar!
Por favor, me ponha na lareira
não quero ficar aqui a vida inteira.

Por acaso vocês acham que a camponesa percebeu alguma coisa? Que nada! Ela nem ouviu!

Cinco minutos depois, a sra. O-chão-é-muito-baixo estava sentada, debulhando feijão. Ela ia debulhando e jogando os grãos dentro de uma tigela. De repente, ela fez um movimento desajeitado e um grãozinho de feijão branco escapou de sua mão, caiu no chão, rolou, rolou, e foi parar perto da palha e da brasa.

— O que estou fazendo aqui? — ele exclamou. — Meu lugar não é no chão, mas dentro da tigela, com todos os meus irmãos! Espero que essa senhora se dê ao trabalho de me pegar!

Sra. O-chão-é-muito-baixo, queira me escutar!
Não é este o meu lugar!
Quero ficar dentro da tigela
antes de ir para a panela.

Ouvindo isso, a palha e a brasa compreenderam o que tinha acontecido e começaram a zombar dele:

— Coitadinho, que idéia! Pode estar certo de que essa senhora já se esqueceu de você!

De fato, por acaso vocês acham que a camponesa se abalou? De jeito nenhum! A mulher não viu nada, não percebeu nada! Acabou de debulhar seus feijões, jogou-os na panela e pôs tudo no fogo para cozinhar, sem dar atenção ao grãozinho que estava no chão.

Então ela foi pregar um botão no casaco do marido. Pegou linha preta, uma agulha, depois tentou enfiar uma na outra.

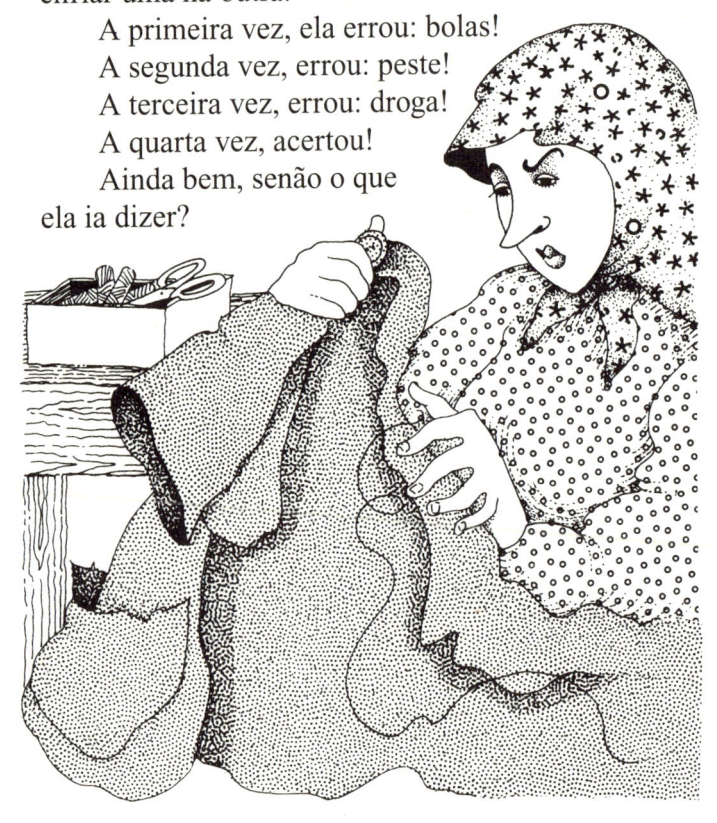

A primeira vez, ela errou: bolas!
A segunda vez, errou: peste!
A terceira vez, errou: droga!
A quarta vez, acertou!
Ainda bem, senão o que ela ia dizer?

Mas, quando ela quis segurar o casaco com uma mão e o botão com a outra, a agulha, com a linha enfiada, escorregou pelo seu vestido e caiu no chão, bem ao lado da palha, da brasa e do feijãozinho. Muito zangada, ela protestou na mesma hora:

Sra. O-chão-é-muito-baixo, queira me escutar!
Não é este o meu lugar!
Quero voltar ao meu estojo
pois este chão me dá nojo!

Ao ouvi-la gritar assim, a palha, a brasa e o feijão morreram de rir:
— Vocês ouviram? Quem ela pensa que é? Ora, minha cara, pode esperar à vontade!

De fato, vocês acham que a camponesa pegou a agulha? Isso nem passou pela cabeça dela! A mulher cortou outra linha, escolheu outra agulha, enfiou uma na outra, pregou o botão e nem se preocupou com o resto.

Quando a agulha entendeu que ia ficar ali a noite toda, talvez vários dias e até o ano inteiro, ela se aprumou e disse, com ar altivo:

— Compreendo, compreendo... Nesse caso, caros amigos, vou lhes dizer uma coisa: façam o que quiserem, mas eu não vou ficar mais um segundo na casa de uma mulher tão descuidada! Vou correr o mundo!

— Boa idéia!
— responderam os três.
— Pois bem, se você concordar, nós vamos junto!

E lá se foram os quatro: primeiro a palha, caminhando com dois fiozinhos, pois estava com a ponta meio desfiada; depois a brasa, toda linda, vermelha e ardente, deslizando pela estrada; em seguida o feijão, andando aos saltos, e finalmente a agulha, equilibrando-se orgulhosa, arrastando a linha como uma cauda de vestido de noiva.

Andaram, andaram e chegaram à beira de um riacho. Era um riozinho muito estreito, na verdade um fiozinho de água, uma valeta, que qualquer um de nós atravessaria com um passo. Mas, para aqueles pequenos objetos, era um abismo, um precipício, um desfiladeiro!

Como passar para o outro lado? Felizmente, a palha teve uma idéia:

— Já que eu sou comprida — ela disse —, vou me deitar de atravessado para servir de ponte. Passem por cima de mim, um atrás do outro. Mas cuidado! Eu sou leve, fina e não sou muito firme! Então passem o mais depressa possível, e sem parar!

— Combinado! — disseram os outros.

Então a palha se estendeu por cima do riacho, e a brasa foi a primeira a passar. Só que a brasa, como eu disse, era vermelha e ardente, e muito bonita também! E, como ela sabia disso, também era muito, muito vaidosa! Quando viu sua imagem refletida no riacho, ficou tão encantada que parou para se admirar...

O que aconteceu então? A brasa queimou a palha, a palha se partiu ao meio, as duas metades caíram no riacho e foram levadas pela correnteza... A brasa, então, também caiu na água, fez pchhhit!, se apagou e afundou. Ela se transformou num pedregulho redondo.

Por acaso vocês acham que ao ver isso o feijão ficou com pena? Que nada, ao contrário! Aquele feijão sem coração achou tudo tão engraçado que começou a rir. E ele riu tanto, tanto, que estourou. Ficou ali, com a barriga aberta, com todas as suas tripinhas de feijão para fora. Quando se viu naquele estado, o egoísta parou de rir e começou a chorar!

Mas a agulha, que era uma boa moça, disse para consolá-lo:

— Ora, ora, não chore tanto! Eu vou costurar você.

E assim ela fez. Enfiou para dentro todos o intestininhos dele, juntou as duas partes da pele e costurou muito bem costurado, para não ter perigo de outro acidente! Mas, como a linha era preta, o feijão deixou de ser inteirinho branco. Foi daí que surgiu o feijão-fradinho, que é branco com a barriguinha preta... É uma delícia de feijão! Posso dizer porque já comi!

Ao terminar, a agulha disse:

— Tive uma idéia.

— Que idéia? — perguntou o feijão.

— Nós somos muito pequenos para correr o mundo, e o mundo é muito perigoso — ela disse. — Então, se você concordar, vamos voltar para casa.

— Tudo bem. Mas, se nós voltarmos, a sra. O-chão-é-muito-baixo vai continuar nos deixando no chão!

— Eu sei. Mas ouça o que nós vamos fazer: quando voltarmos, vamos pregar umas peças nela para lhe dar uma lição!

— Como assim?

— Você vai ver!

Eles voltaram para a casa da camponesa. Chegando lá, a agulha se enfiou, pelo lado mais grosso, no corpo do feijão, o que lhe permitiu manter-se em equilíbrio pela primeira vez na vida, de cabeça para baixo e ponta para cima. Unidos dessa maneira, os dois se transformaram numa espécie de máquina infernal: metiam-se nos armários, escondiam-se debaixo das pilhas de lenços, enfiavam-se nas almofadas, nos travesseiros, a mulher os encontrava em todo lugar. Era de enlouquecer!

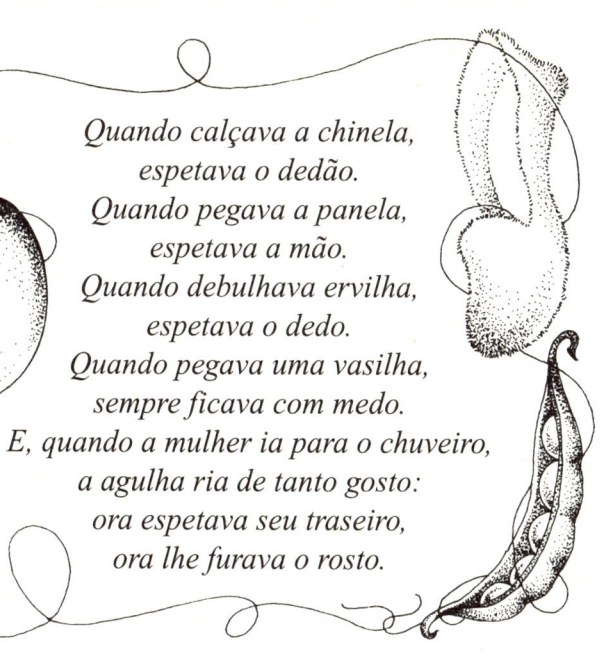

Quando calçava a chinela,
espetava o dedão.
Quando pegava a panela,
espetava a mão.
Quando debulhava ervilha,
espetava o dedo.
Quando pegava uma vasilha,
sempre ficava com medo.
E, quando a mulher ia para o chuveiro,
a agulha ria de tanto gosto:
ora espetava seu traseiro,
ora lhe furava o rosto.

Aquilo não era vida! Então, aos poucos a camponesa foi mudando de jeito. Tornou-se desconfiada, cuidadosa, suspeitava de tudo. Olhava para todo lado, vigiava, perscrutava. Escutava, farejava, vasculhava. Então ela começou a espanar, a tirar o pó, a varrer aqui, passar pano ali, começou a arrumar suas coisas, a perseguir a sujeira...

Acreditem se quiserem, mas no final do verão ela tinha mudado completamente! Um dia, de tanto arrumar tudo, ela encontrou o feijão e a agulha. Guardou a agulha no estojo, cozinhou o feijão e, na mesma noite, comeu-o com pernil de carneiro...

Desde esse tempo,
ninguém mais
a chama de
O-chão-é-muito-baixo.
Todos a chamam
de sra. Espanador,
sra. Varre-varre,
às vezes até de
sra. Limpa-tudo,
sra. Põe-no-lugar ou sra.
Deixa-tudo-brilhando!
Se algum dia vocês
forem àquele país,
ou ao outro,
ou ao país de lá
ou de outro lugar,
poderão constatar
que naquela casa
tudo é varrido,
lavado e bem arrumado.
O piso é tão limpo e
claro que dá até
para comer no chão!

    A agulha está
muito satisfeita!
Quanto ao feijãozinho,
nunca fiquei sabendo
se ele gostou
do pernil de carneiro.

Toda história tem um final,
esta terminou assim.
Só falta dizer sua moral
e essa tarefa cabe a mim:

Nunca despreze, amiguinho,
os perigos deste mundo.
Passe pela ponte bem rapidinho,
sobretudo quando o rio é fundo.
Mais uma coisa, meu caro leitor:
respeite a pessoa que trabalha.
Nunca esqueça, por favor:
quem não ajuda atrapalha.
Cada objeto tem seu lugar,
não jogue suas coisas à toa,
pois alguém vai ter de guardar.
Se não for você, será outra pessoa.
Se alguma coisa cair no chão,
abaixe-se e pegue sem demora
pois ninguém tem obrigação
de catar o que é seu a toda hora
e de ter paciência para agüentar
toda a bagunça que você faz.
É esse o recado que eu queria dar.
Até logo, amiguinho, fique em paz!

GLOSSÁRIO

Nilo: principal rio da África, que atravessa todo o Egito.

Suméria: antiga região da baixa Mesopotâmia, na Ásia.

Indo: grande rio da Índia e do Paquistão.

Leningrado: Antiga cidade russa, fundada em 1703. Primeiro se chamou São Petersburgo e depois Petrogrado. Passou a se chamar Leningrado em 1924, depois da morte de Lenin, líder da Revolução Russa. Leningrado quer dizer "cidade de Lenin". Com as mudanças políticas na Rússia, voltou a se chamar São Petersburgo.

Netuno: deus do mar, na mitologia romana.

Loire: o mais longo rio da França. O rio Loire deságua no oceano Atlântico.

Impresso nas oficinas da
Gráfica Palas Athena